KB117017

우리들의 산나물

우리들의 산나물

초판 1쇄 인쇄-2015년 5월17일

엮은이 - 박종회
펴낸곳 - 해피&북스
발행인 - 채주회
출판등록 - 제10-1562호(1985.10.29)
주소 - 서울시 마포구 신수동 448-6
전화 - 02) 323-4060
팩스 - 02-)323-6416
홈페이지 - www.elman.kr
이메일 - elman1985@hanmail.net
ISBN _ 978-89-5515-552-5

우리가 몰랐던 산나물, 건강하게 먹기

우리들의 산나물

엮은이 박종희

해피&북스

산
나
물

 우리의 경제성장과 더불어 1인당 2만 불 시대로 성장함에 따라서 자신의 건강을 중요하게 여기고 여가 생활을 더욱 즐기는 웰빙 시대가 되었다. 특히 우리 민족은 유교 사상의 영향으로 세계의 어느 민족보다 자신의 건강에 대해서 많은 관심과 해박한 지식을 가지고 있다. 의약품의 남용과 더불어 부작용으로 인한 피해가 많이 나타나므로 비교적 부작용이 적은 초(草)·근(根)·목(木)·피(皮)의 약용식물들과 산야에 자생하고 있는 산나물이 각광을 받게 되었다.

우리나라 국토는 많은 산으로 이루어져 있으며, 우리의 산야(山野)에는 4500 여 종(種)의 많은 식물들이 분포하고 있으며, 제주도의 올레길이 시발점이 되어서 지리산의 둘레길 등, 전국의 산책길이 개통되면서 산나물들을 접하게 될 기회가 더욱 많아 졌다. 우리의 산야 특히 한라산, 덕유산, 소백산, 태백산, 함백산, 점봉산, 설악산, 금강산, 백두산 및 울릉도 등의 전국의 산야(山野)를 1981년부터 답사하여 우리들이 쉽게 취급할 수 있는 100 여 종(種)의 산나물들의 이용 방법을 정리하여 자신의 건강에 관심이 있는 사람이면 초보자들도 쉽게 이용할 수 있도록 하여 자신이 채집한 산나물을 요리하여 먹을 수 있도록 하였다.

2014. 2
금정산록에서

우리들의 산나물 · 차례

꼭 알아야야 할 산나물

유독식물(有毒植物)

우리들의 산나물

가막살나무

🌿 가막살나무

생태(生態)
인동과의 낙엽저목(落葉低木)으로 전국의 야산(野山)에 널리 분포한다.

특징
높이 2~3m이며, 잎의 끝이 굽어있는 난형으로 대생(對生)하며, 엽맥(葉脈)에 깊은 주름이 있다. 초여름 가지 끝에 흰색의 작은 꽃이 많이 피며, 가을에 열매가 붉게 된다. 과실은 가늘고 긴 구형(球形)이며, 길이 5mm정도이다.

먹는 방법
가을에 잘 익은 열매를 그대로 먹든지, 과실주(果實酒)를 만들어서 먹는다.

기타
가막살나무의 잎과 뿌리를 생약 협미(莢迷)라고 하며, 열매를 협미자(莢迷子)라고하며, 협미는 구충제로, 협미자는 어혈(瘀血), 설사, 염증의 치료에 사용한다.

* 가막살술
가막살나무 열매 200g, 설탕 또는 벌꿀 300g을 소주 1되(1.8리터)에 넣어서 냉암소에 3달 보관하였다가, 1일 30g을 잠자기 전에 복용한다.

* 약술(藥酒)박종희 저 참고

우리들의 산나물

개여뀌

개여뀌

생태(生態)

여뀌과의 1년 초(草)로서 들판에 자생한다.

특징

높이 20~40cm이며, 줄기는 분지(分枝)하여 홍자색을 띤다. 잎은 어긋나며 뒷면의 맥(脈)위에 털이 있다. 여름에서 가을에 걸쳐 홍자색 드물게 흰색의 꽃이 핀다.

먹는 방법

4~6월에 어린잎을 채집하여 더운 물에 데쳐서 나물로 먹는다.

기타

민간에서 잎과 줄기를 부종(浮腫), 각기(脚氣), 해열제로 사용한다.

우리들의 산나물

갯기름나물

🌿 갯기름나물

생태(生態)

미나리과의 다년초(多年草)로서 해안의 모래밭에 자생한다.

특징

잎은 3열(裂)하는 소엽(小葉)이 2회 우상(羽狀)으로 되며, 짙은 녹색이다.

먹는 방법

이른 봄에 잎을 채집하여 더운 물에 데쳐서 나물로 먹는다.

기타

갯기름나물의 뿌리를 생약 식방풍(植防風) 이라고 하며, 방풍(防風)의 代用으로 사용하며, 감기(感氣), 관절통, 류마티스 등의 치료에 사용한다.

거지덩굴

거지덩굴

생태(生態)

포도과의 다년초(多年草)로서 길가, 공한지(空閑地) 때로는 정원이나 담장에 자생하는 덩굴성 잡초(雜草)이다.

특징

어린 싹은 짙은 홍갈색이고, 선단(先端)은 아래로 향하며 생장이 빠르며 덩굴을 뻗어서 다른 물체를 감는다. 잎은 5장의 소엽(小葉)으로 되는 장상복엽(掌狀複葉)이며 여름에 잎과 대생(對生)하여 집산화서(集散花序)를 내며 담녹색의 작은 꽃이 핀다.

먹는 방법

4~6월에 어린 싹을 채집하여 더운 물에 데쳐서 나물로 먹는다.

기타

거지덩굴의 뿌리를 건조한 것을 생약 오렴매(烏﹐苺)라고 하며, 류마치스, 황달(黃疸)의 치료에 사용한다. 돌외 *Gynostemma pentaphyllum (Thunb.) Makino*와 완전히 다른 식물이며, 돌외는 신경통, 고혈압의 치료 목적으로 차 및 건강식품으로 많이 이용한다.

고들빼기

우리들의 산나물

🌿 고들빼기

생태(生態)

국화과의 2년 초(草)로서 전국의 산이나 들에 자생한다.

특징

가지가 많이 갈라지며, 근생엽(根生葉)은 꽃이 필 때 까지 남아 있거나 없어지며, 엽병이 없으며 긴 타원형으로 길이 2.5~5cm, 나비 1~2cm이며, 양면에 털이 없다. 경생엽(莖生葉)은 난형 또는 난상(卵狀) 타원형이며 원 줄기를 감싸며 불규칙한 톱니가 있다. 꽃은 황색이며 잔털이 다소 있다.

먹는 방법

이른 봄에 전초를 채집하여 나물로 먹거나 김치를 만들어서 먹는다.

기타

고들빼기의 전초(全草)를 건위(健胃), 발한(發汗), 이뇨제(利尿劑)로 사용한다.

고마리

우리들의 산나물

🌿 고마리

생태(生態)

마디풀과로서 저지(低地)에서부터 고지(高地)까지 산길 및 수습지(水濕地)에 자생하는 1년 초(草)이며, 때로는 군생(群生)한다.

특징

줄기는 땅을 기며 마디에서 뿌리를 내며, 상부(上部)는 바로 서며 높이 30~50cm 이며, 분지(分枝)하며 작은 가시가 아래로 향한다. 잎은 끝이 뽀족하며 길이 4~10cm, 가을에 줄기 끝에서 핑크 빛의 작은 꽃이 10개 정도 핀다.

먹는 방법

어린 싹을 채집하여 더운 물에 데쳐서 나물로 먹는다.

기타

고마리의 전초(全草)를 <u>수마료(水麻蓼)</u>라고 하며, 류마티스 및 지혈제로 사용한다.

고 비

🌿 고 비

생태(生態)

양치식물의 고비과의 다년초(多年草)로서 산지(山地)의 습지에 군락을 이룬다.

특징

말려져 있는 어린잎의 면모(綿毛)는 적갈색이다.

먹는 방법

고사리와 마찬가지로 봄에 잎이 펼쳐지기 전에 말려있는 상태로 15cm 정도 성장하였을 때 채집하여, 더운 물에 데쳐서 나물로 먹는다.

고사리

🌿 고사리

생태(生態)

참고사리과의 다년초(多年草)로서 전국의 산기슭에 자생한다.

특징

여러 장의 잎이 다발로 뭉쳐서 나며, 완전히 성장하면 잎은 1m정도 되며, 40개의 우편(羽片)이 된다. 가을에 포자엽(胞子葉)이 나오며, 길이 40~60cm이며, 우편(羽片)의 뒷면에 포자(胞子)가 붙는다. 포자엽(胞子葉)은 식용으로 하지 않는다.

먹는 방법

봄에 잎이 펼쳐지기 전에 말려있는 상태로 15cm 정도 성장하였을 때 채집하여, 더운 물에 데쳐서 나물로 먹는다. 고사리는 비빔밥 등의 재료로 많이 사용되고 있다.

기타

고사리에 발암물질인 브라켄톡신을 함유하고 있지만, 삶으면 이 물질이 활성을 잃게 된다. 또한 아네우라제라는 효소가 함유되어 있으며, 이것은 비타민 B_1을 파괴한다. 많이 먹게 되면 식품의 비타민 B_1을 파괴시켜 비타민 B_1결핍증에 걸려서 몸이 나른해지고 피로하기 쉬우며 심하면 각기병에 걸릴 수가 있다. 한편 고사리에는 칼슘과 칼륨 등 무기질 성분을 많이 함유하여 피를 맑게 하고, 머리를 깨끗하게 해준다.

고 수

🌿 고 수

생태(生態)

　미나리과로서 지중해 동쪽 원산의 1年 초(草)이며 특히 절에서 많이 재배한다.

특징

　높이 30~60cm이며, 원줄기는 곧으며 속이 비어있다. 잎은 빈대 냄새가 나며 근생엽(根生葉)은 엽병(葉柄)이 길지만 위로 올라갈수록 짧아진다. 잎은 1~2회 우상복엽(羽狀複葉)이지만 위로 올라갈수록 2~3회 우상(羽狀)으로 갈라진다. 6~7월에 백색의 꽃이 핀다.

먹는 방법

　잎과 줄기를 채집하여 더운 물에 데쳐서 나물로 먹는다.

기타

　고수의 전초(全草)를 생약 <u>호유(胡荽)</u>, 열매를 <u>호유자(胡荽子)</u>라고 하며, 주로 소화불량의 치료에 사용한다.

우리들의 산나물

우 리 들 의 　산 나 물

곤달비

곤달비

생태(生態)

국화과로서 깊은 산의 습지에서 자라는 다년초(多年草)이다.

특징

높이가 1m에 달하며 근경(根莖)이 굵다. 근생엽(根生葉)은 꽃이 필 때까지 남아 있으며 심장형이다. 표면에는 털이 없으며 뒷면에 맥을 따라서 털이 있으며 엽병(葉柄)은 길다. 8~9월에 황색의 꽃이 핀다.

먹는 방법

봄에 어린잎을 채집하여 그대로 또는 더운 물에 데쳐서 나물로 먹는다.

기타

곤달비의 뿌리를 민간에서 부인병(婦人病)의 치료제로 사용한다.

곰취

곰 취

생태(生態)

국화과로서 깊은 산의 습지에서 자라는 다년초(多年草)이다.

특징

높이 1~2m이며, 근경(根莖)은 굵다. 근생엽(根生葉)은 길이가 85cm에 달하는 것도 있으며 신장상(腎臟狀) 심장형이며 길이 30~40cm, 나비 40~45cm로 대형이며 가장자리에 톱니가 있다. 엽병(葉柄)은 50~60cm이다. 7~9월에 황색의 꽃이 핀다.

먹는 방법

봄에 어린잎을 채집하여 그대로 또는 더운 물에 데쳐서 나물로 먹는다.

기타

곰취의 뿌리 및 뿌리줄기를 생약 호로칠(葫蘆七)이라고 하며, 타박상, 요통, 기침 및 백일해의 치료에 사용한다.

괭이밥

괭이밥

생태(生態)

정원이나 길가에 잡초로 자라는 다년초(多年草)이다.

특징

줄기는 땅을 기며 잎은 어긋나며 털이 있다. 봄에서 가을에 걸쳐서 엽액(葉腋)에 병(柄)을 내며, 그 끝에서 황색의 꽃이 핀다.

먹는 방법

일년 중 잎과 줄기를 채집하여 더운 물에 데쳐서 나물로 먹는다.

기타

괭이밥의 전초를 생약 초장초(醋醬草)라고 하며, 이질, 황달, 토혈(吐血)의 치료에 사용한다.

구기자

우리들의 산나물

🌿 구기자

생태(生態)

가지과의 낙엽소목(落葉小木)으로 농촌의 화단, 길가에 많이 심는다. 전라남도의 진도(珍島)에서 많이 재배한다.

특징

가늘고 긴 가지가 많으며, 높이 1~2m에 달한다. 보라색의 꽃은 6~9월에 피며, 열매는 8~10월에 빨갛게 익는다.

먹는 방법

여름에서 가을에 걸쳐서 잎을 채집하여 더운 물에 데쳐서 나물로 먹는다. 또한 튀김으로 먹어도 좋다. 열매는 술을 담구어서 먹는다.

기타

구기자나무(Lycium chinensis Mill.)의 열매를 생약 구기자(枸杞子), 잎을 구기엽(枸杞葉), 가지의 껍질을 구기피(枸杞皮), 뿌리껍질을 지골피(地骨皮)라고 한다. 구기자는 간신(肝腎)을 도우며, 양위유정(陽痿遺精), 목현(目眩)에 사용하며, 지골피(地骨皮)는 음허노열(陰虛勞熱), 도한(盜汗), 폐열해열(肺熱解熱)에 사용하는 중요한 생약이다.

*구기자 술; 소주 1되에 구기자 200g, 설탕 또는 벌꿀 350g을 넣어서 냉암소(冷暗所)에 2개월 보관한 후, 1일 30g을 잠자기 직전에 마시면 정력이 좋아진다.

금창조

금창조

생태(生態)

꿀풀과로서 민가(民家) 근처의 햇볕이 잘 드는 곳에 자생한다.

특징

근생엽(根出葉)은 로젯 모양이며, 4~5월경에 짙은 자색의 꽃이 핀다.

먹는 방법

어린잎을 채집하여 더운 물에 데쳐서 나물로 먹는다.

기타

금창초의 전초(全草)를 백모하고초(白毛夏枯草)라고 하며, 기관지염, 적리(赤痢), 인후종통(咽喉腫痛)의 치료에 사용한다.

까치수염

🌿 까치수염

생태(生態)

앵초과로서 전국 산의 약간 습한 곳에 자생한다.

특징

다년초(多年草)로서 근경(根莖)은 길게 뻗으며, 줄기는 곧게
서며 높이 60~100cm이다. 잎은 어긋나며 장타원형 또는 장타
원상 피침형이며 양끝이 날카롭고 가장자리에 연모(軟毛)가 있
다. 6~8월에 총상화서의 흰 꽃이 핀다.

먹는 방법

6~7월에 어린잎 또는 줄기를 채집하여 더운 물에 데쳐서 나
물로 먹는다.

기타

까치수염 및 동속식물은 월경불순, 대하(帶下), 이질, 타박
상, 유방통의 치료약으로 사용한다.

우리들의 산나물

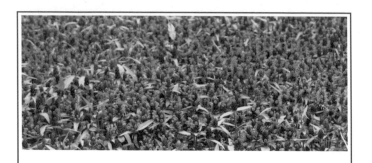

꿀풀

꿀풀

생태(生態)

꿀풀과의 다년초(多年草)로서 햇볕이 잘 드는 산이나 들에 자생한다.

특징

줄기는 네모지며 높이 10~30cm이고 직립한다. 잎은 마주 나며 엽병과 털이 있다. 6~8월에 입술 모양의 자색의 꽃이 핀다. 여름에 말라 죽는다고 하여 하고초(夏枯草)라고도 한다.

먹는 방법

어린 싹이나 잎을 채집하여 튀김을 하거나 더운 물에 데쳐서 나물로 먹는다.

기타

꿀풀(*Prunella vulgalis* L. var. *lilacina Nakai*) 의 화수(花穗) 또는 전초(全草)를 생약 하고초(夏枯草)라고 하며. 이뇨(利尿), 소염약(消炎藥)으로서 수종(水腫), 소변불리(小便不利), 임질(淋疾)의 치료에 사용한다.

꿩의다리

꿩의다리

생태(生態)

미나리아재비과로서 햇볕이 잘드는 초원(草原)에 자생하는 다년초(多年草)이다.

특징

줄기는 직립하며 높이 90~100cm이다. 잎은 어긋나며 아래 쪽은 엽병(葉柄)이 있으며, 위쪽은 엽병(葉柄)이 없다. 8~9월 에 산방상(散房狀)의 흰꽃이 핀다.

먹는 방법

5~7월에 어린 싹이나 부드러운 잎을 채집하여 더운 물에 데쳐서 나물로 먹는다.

기타

꿩의다리(*Thalictrum aquilegifolium* L.)의 전초를 강원도의 설악산, 청옥산, 태백산 지역에서 생약 음양곽(淫羊藿)이라 고 하여 사용하는데, 이것은 잘못이다. 생약 음양곽(淫羊藿) 은 삼지구엽초(*Epimedium koreanum*)의 전초(全草)이다. 꿩 의다리의 전초(全草)는 민간약으로 신경통의 치료 및 지혈제 로 사용한다.

우리들의 산나물

냉이

🌿 냉 이

생태(生態)

십자화과의 2년 초(草)로서 전국의 평지에서 산지까지 넓게 분포하며, 밭이나 길가의 빈터에 많이 자생한다.

특징

잎은 길이 10cm 정도이며, 우상(羽狀)으로 나누어진다.

먹는 방법

이른 봄에 어린 싹을 채집하여 더운물에 데쳐서 나물로 먹는다.

기타

냉이의 전초(全草)를 제채(薺菜)라고 하며, 이질, 부종, 월경과다(月經過多)의 치료에 사용한다.

우리들의 산나물

누리장나무

누리장나무

생태(生態)

마편초과의 낙엽목(落葉木)으로 전국의 평지에서 높은 산의 기슭에 고르게 분포한다.

특징

높이 2~3m, 잎의 끝이 굽어있는 난형(卵形)으로 길이 10~20cm, 여름에 가지 끝에 백색의 꽃이 많이 피며, 향기가 좋다.

먹는 방법

봄에서 이른 가을에 걸쳐서 향기가 강할 때에 어린 싹이나 잎을 채집하여 더운물에 데쳐서 나물로 먹는다. 더운물에 데친 잎은 햇볕에 건조하여 저장한다.

기타

가을에 암청색으로 익은 열매는 염료로 사용한다. 누리장나무의 잎과 가지를 생약 <u>취오동(臭梧桐)</u>이라고 하며, 고혈압 및 류마티스의 치료에 사용한다.

다 래

🌿 다 래

생태(生態)

다래과의 덩굴성 낙엽목(落葉木).

특징

잎은 두껍고 길이 6~10cm, 엽병(葉柄)은 5cm 정도이며, 붉은 색을 띤다. 줄기는 다른 나무를 감으면서 뻗는다. 자웅이주(雌雄異株). 이른 여름에 작은 흰꽃이 핀다. 열매는 가을에 담(淡)녹갈색으로 익는다.

먹는 방법

가을에 잘 익은 열매를 생식한다. 또한 술로 담구어서 마신다.

기타

다래의 열매를 생약 <u>미후리(獼猴梨)</u>라고 하며, 소화불량, 황달(黃疸), 관절통의 치료에 사용한다. 또한 민간에서 잎, 줄기 및 뿌리를 요통(腰痛), 신경통의 치료에 사용한다.

* 다래주; 다래의 열매 200g 과 설탕 350g을 소주 1되에 넣어서 3개월 저장한 후 30g을 잠자기 직전에 마시면 요통(腰痛)의 치료에 효능이 있다.

우리들의 산나물

달 래

달 래

생태(生態)

백합과의 다년초(多年草)로서 전국의 야산에 자생한다.

특징

잎은 가늘고 길며, 파를 작게한 모양이다. 지하(地下)에는 구형(球形)으로 흰 인경(鱗莖)이 있으며, 직경 2cm 정도이다. 이른 여름에 화경(花梗)이 50~80cm 뻗으며, 끝에 작은 흰 꽃이 핀다.

먹는 방법

일년 중에 인경(鱗莖)을 채집하여, 더운 물에 데쳐서 나물로 먹는다.

달맞이꽃

달맞이꽃

생태(生態)
　귀화식물로 전국의 산과 들에 야생되고 있다.

특징
　저녁에 꽃이 피어서 아침에 시드는 1일 화(花)이므로 달맞이꽃이라는 이름이 붙었다.

먹는 방법
　어린 싹을 채집하여 더운 물에 데쳐서 나물로 먹는다.

닭의장풀

닭의장풀

생태(生態)

닭의장풀과의 1년 초(草)로서 전국의 도로변이나 밭의 가장
자리에 자생한다.

특징

높이 15~50cm이고, 밑 부분이 옆으로 비스듬히 자란다. 잎
은 호생하고 마디가 굵으며, 밑 부분의 마디에서 뿌리가 난다.
7~8월에 하늘색의 꽃이 핀다.

먹는 방법

여름철에 꽃이 피기 전에 잎을 채집하여 더운 물에 데쳐서
나물로 먹는다.

기타

옛날에는 꽃을 염색하는 데에 사용하였다. 닭의장풀의 전초
(全草)를 민간에서 당뇨병의 치료약물로서 많이 이용하고 있
다.

딱총나무

딱총나무

생태(生態)

인동과의 낙엽목(落葉木).

특징

낙엽관목으로 높이 3m이며, 줄기의 골속이 암갈색이다. 잎은 기수우상복엽이며, 7월에 빨간 열매가 맺는다.

먹는 방법

이른 봄에 잎이 펼쳐지기 전에 채집하여 더운 물에 데쳐서 나물로 먹는다. 또한 빨갛게 익은 열매는 술로 만들어서 마신다.

기타

딱총나무(*Sambudus williamsii Hance var. coreana Nakai*) 및 동속식물의 줄기를 건조한 것을 생약 접골목(接骨木)이라고 하며, 이뇨(利尿), 지혈(止血), 타박상 등의 치료에 사용한다.

더 덕

🌿 더 덕

생태(生態)
도라지과의 덩굴성 야초(野草)이다.

특징
잎은 장타원형으로 4장이 마주난다. 꽃은 종 모양이며, 통부(筒部)는 백색, 화변(花弁)은 자갈색의 반점이 있으며, 8-9월에 핀다.

먹는 방법
더덕의 뿌리를 채집하여 껍질을 벗겨서 물에 2~3일 담구어 두었다가 나물 및 구이를 하여 먹는다.

기타
더덕(*Codonopsis lanceolata (S. et Z.) Trautv.*)의 지하부를 건조한 것을 생약 산해라(山海螺)라고 하며, 우리나라에서 사삼(沙蔘)이라고 하는 것은 잘못이며, 사삼(沙蔘)은 잔대(*Adeno-phora stica Miq.*) 및 동속 식물의 뿌리이다.

*더덕 술; 더덕 300g, 설탕 350g을 소주 1되에 넣어서 냉암소에 1개월 이상 보관하였다가 1일 30g 잠자기 전에 복용하면, 진해 거담의 효능이 있다.

떡 쑥

떡 쑥

생태(生態)

국화과의 2년 초(草)로서 전국의 밭이나 공한지에 자생한다.

특징

전초(全草)에 흰털이 밀생(密生)하며, 담녹색으로 보인다. 잎의 길이 3~6cm, 나비 0.5~1cm의 주걱형이며, 엽병(葉柄)은 없다. 봄에 화경(花莖)이 뻗어서 길이 20~30cm 되며, 분지가 되며, 끝에 황색의 작은 꽃이 여러 개 핀다.

먹는 방법

봄에 어린잎을 채집하여, 떡에 넣어서 먹는다.

도라지

도라지

생태(生態)

도라지과의 다년초(多年草)로서 우리나라의 야산(野山)에 자생하며, 밭에서 많이 재배한다.

특징

잎은 마주나며, 엽병(葉柄)이 없으며, 긴난형~넓은 피침형이며, 길이 3~7cm이다. 원줄기를 자르면 끈적끈적한 유액(乳液)이 나온다. 7~8월에 흰색 또는 하늘색의 꽃이 핀다.

먹는 방법

우리나라 민요에 나오는 대표적인 나물 중의 하나이다. 뿌리를 식용으로 하지만, 독성이 있으므로 껍질을 벗기고, 물에 2~3일 담구어 두었다가 먹는다.

기타

도라지*Platycodon grandiflorum (Jacq.) A. DC.*의 3년째의 뿌리를 생약 길경(桔梗)이라고 하며, 폐(肺)에 작용하여 담(痰)을 제거하고, 해수(咳嗽) 작용이 있다. 거담, 진해약으로서 해수(咳嗽), 기관지염에 사용한다. 또한 배농약(排膿藥)으로서 화농성질환, 인후통(咽喉痛) 등에 사용한다.

우리들의 산나물

독 활

독 활

생태(生態)

오갈피나무과의 다년초(多年草)이다.

특징

높이가 1.5m이며 전체에 털이 드문드문 있다. 잎은 어긋나 며 기수2회 우상복엽이며, 어릴 때는 연한 갈색의 털이 있다. 소엽(小葉)은 5~9개 있으며, 난형~타원형이며 양면에 털이 드문드문 있다.

먹는 방법

4~6월에 어린 싹을 채집하며 나물로 먹으며, 특히 땅속의 흰 줄기는 맛이 있다. 뿌리는 먹지 말아야 한다.

기타

독활*Aralia contonentalis Kitagawa*의 뿌리를 건조한 것을 생 약 독활(獨活)이라고 하며, 발한(發汗), 구풍(驅風), 진통약으 로서 부종(浮腫), 관절(關節) 및 금창(金瘡)의 치료에 사용한 다.

우리들의 산나물

동의나물

🌿 동의나물

생태(生態)

미나리아재비과로서 고산의 습지에 자생한다. 태백산의 습지에 군락을 이루고 있다.

특징

높이 약 60cm이며, 잎은 나비 5~10cm로서 소형이다. 5~6월에 황색의 꽃이 핀다.

먹는 방법

5~7월에 잎과 줄기를 채집하여 더운물에 데쳐서 나물로 먹는다.

※ 독성이 있으므로 식용으로는 금합니다.

두릅나무

🌿 두릅나무

생태(生態)

오갈피나무과의 낙엽목(落葉木)으로 전국의 평지에서 산지(山地)까지 자생(自生)한다.

특징

분지(分枝)를 거의 하지 않으며, 직립하며 높이 4m정도 된다. 예리한 가시가 많으며, 꽃은 여름에 핀다.

먹는 방법

이른 봄에 어린 싹이 5~15cm 정도 자란 것을 채집하여, 날것 또는 더운 물에 데쳐서 나물로 먹는다.

기타

두릅나무(*Aralia elata Seem.*)의 수피(樹皮), 재(材), 근피(根皮)를 생약 총목(楤木)이라고 하며, 총목은 신(腎)을 도우며, 근골(筋骨)을 튼튼히 하며, 혈(血)을 활성화하여 어혈(瘀血)을 제거하며, 통증을 제거하는 효능이 있으므로 류마치스성 관절염, 급만성 간염, 타박상, 골절 등의 치료에 사용한다.

우리들의 산나물

둥굴레

둥굴레

생태(生態)

백합과의 다년초(多年草)로서 우리나라의 산야(山野)에 널리 분포하며, 관상용으로 가정의 정원에 심기도 한다.

특징

줄기는 높이 30~60cm이며, 6개의 능(稜)이 있다. 육질의 근경(根莖)은 점질(粘質)이며 옆으로 뻗는다. 꽃은 6~7월에 피며, 밑 부분은 백색, 윗부분은 녹색이며, 열매는 가을에 둥글고 흑색으로 된다.

먹는 방법

봄에 어린 싹을 채집하여 튀김으로 하여 먹는다. 이른 여름에 꽃을 물에 데쳐서 식초를 쳐서 먹는다.

지하부인 뿌리줄기(根莖)는 1년 중에 채집하여 건조시켜서 둥굴레 차(茶)로서 마신다.

* 외부 형태가 둥굴레와 비슷한 윤판나물은 독초이므로 혼돈하지 않도록 주의하여야 한다.

기타

둥굴레의 지하부를 건조한 것을 생약(生藥) 옥죽(玉竹)이라고 하며, 자양(滋養), 강장약(强壯藥)으로서 병후의 허약증, 폐결핵, 당뇨병 등의 치료에 사용한다. 생약 황정(黃精)은 시베리아둥굴레의 지하부를 건조한 것이다.

들쭉나무

🌿 들쭉나무

생태(生態)

철쭉과의 낙엽저목(落葉低木)으로 북부의 고산지대의 햇볕이 잘 드는 습한 곳에 군생(群生)한다.

특징

땅을 기는 듯이 뻗으며, 높이는 1m정도이다. 잎은 타원형이며 길이 2cm정도이다. 여름에 가지 끝에 붉은 색을 띤 백색의 작은 꽃이 1~3개 핀다. 열매는 둥글며, 가을에 암청색으로 익으며, 표면에 흰 가루로 덮여 있다.

먹는 방법

가을에 잘 익은 열매를 그대로 먹는다. 설탕으로서 잼을 만들기도 하며, 술을 담구어서 마신다.

뚝 깔

뚝 깔

생태(生態)

마타리과로서 양지바른 산야(山野)에 자생하는 다년초(多年草)이다.

특징

줄기는 직립하며 높이 1m 정도이다. 잎은 마주나며 줄기에서 나오는 잎은 털이 있다. 가을에 가지의 위쪽에 백색의 가느다란 꽃이 밀집하여 핀다.

먹는 방법

로젯 모양의 잎을 채집하여 더운 물에 데쳐서 나물로 먹는다.

마

🌿 마

생태(生態)

마과의 다년초(多年草)로서 전국의 어디에서나 자생한다.

특징

잎은 줄기에 마주나며, 길이 6~10cm이며, 엽병(葉柄)은 5 cm정도이다. 여름에 백색의 작은 꽃이 핀다. 자웅이주(雌雄異株)이며, 지하부의 근경(根莖)은 길이 1m 넘는 것도 있다.

먹는 방법

지하부의 근경(根莖)을 가을에서 겨울에 걸쳐서 채집하여 즙(汁), 죽 또는 날 것으로 먹는다. 또한 어린잎이나 싹은 봄부터 가을에 걸쳐서 채집하여 더운 물에 데쳐서 나물로 먹는다.

기타

마*Dioscorea batatas* Decaisne 및 동속식물의 근경의 외피를 제거하여 건조한 것을 생약 산약(山藥)이라고 허열(虛熱)을 식히는 보제(補劑) 중에서 응용 범위가 가장 넓다. 그래서 자양(滋養), 강장(强壯), 지사약(止瀉藥)으로 사용되며, 육미환(六味丸), 팔미환(八味丸) 등에 배합된다.

머 위

머위

생태(生態)

국화과의 다년초(多年草)로서 집 주위의 텃밭에 많이 재배한다.

특징

잎은 지하경(地下莖)에서 뻗는다. 자웅이주(雌雄異株)이며, 이른 봄에 잎이 나오기 전에 화경(花莖)이 뻗는다.

먹는 방법

잎을 채집하여 더운물에 데쳐서 나물로 먹는다. 엽병(葉柄)은 더운물에 데쳐서 껍질을 벗겨서 나물로 먹는다.

메꽃

메꽃

생태(生態)

메꽃과의 덩굴성 야초(野草)로서 줄기를 자르면 흰 즙이 나오며, 길가의 공한지, 주차장 등에 자생한다.

특징

땅에 백색의 지하경(地下莖)으로 기며, 긴 덩굴을 낸다. 잎은 어긋나며 긴 엽병(葉柄)이 있다. 여름에 엽액(葉腋)에서 긴 병(柄)을 내어서 홍자색의 종 모양의 꽃이 핀다.

먹는 방법

5~9월에 어린잎을 채집하여 더운물에 데쳐서 나물로 먹는다.

기타

해안가에 자생하는 갯메꽃*Calystegia soldanella Roem. et Schult.*은 설사를 일으키는 성분이 함유되어 있으므로 식용으로 하지 못한다.

멸갈치

🌿 멸갈치

생태(生態)

국화과의 다년초(多年草)로서 산지의 나무 그늘 및 습한 곳에 자생한다.

특징

잎은 로젯 모양으로 넓어지며, 보통 1개의 뿌리에서 1개의 줄기가 나오며 높이 70cm정도가 되며, 잎은 삼각상으로 머 위의 잎과 비슷하다.

먹는 방법

4~6월에 어린잎을 채집하여 더운 물에 데쳐서 나물로 먹는 다.

명감나무

🌿 명감나무

생태(生態)

백합과의 덩굴성 다년초(多年草)로서 전국의 산야에 자생한다.

특징

덩굴은 지그 자그로 굽으며, 목질화(木質化)한다. 잎은 3~10cm이며, 엽신(葉身)과 엽병(葉柄)의 경계에서 1쌍의 굽은 수염이 나온다. 자웅이주(雌雄異株).

먹는 방법

초여름에 어린잎을 채집하여 더운물에 데쳐서 나물로 먹는다. 가을에 붉게 익은 열매를 생식하며 또한 과실주(果實酒)로 담구어서 먹는다. 부산 지역에서는 명감나무를 망개나무라고 하며, 명감나무의 잎을 삶아서 찹쌀떡을 싸서 망개떡이라고 하며, 동래 산성 및 해운대의 유원지에서 판매하고 있다.

기타

명감나무*Smilax china* L.의 뿌리줄기를 생약 <u>토복령(土茯笭)</u>이라고 하며, 이습(利濕), 청열(淸熱), 해독(解毒)의 효능이 있으며, 매독의 특효약으로 사용된다.

우리들의 산나물

명아주

명아주

생태(生態)

명아주과의 1년 초(草) 이며, 전국의 황무지, 길가, 밭에 야생(野生)한다.

특징

잎은 둥근 모양의 능형(菱形)이며, 처음에는 선명한 홍자색의 분(粉)으로 덮힌다. 가을이 되면 높이 1~2m가 된다.

먹는 방법

어린잎을 이른 여름에서부터 가을까지 채집하여, 잎에 붙어 있는 분(粉)을 잘 씻어내고, 삶아서 먹든지 또는 튀김을 하여 먹는다.

기타

명아주의 잎을 많이 먹든지, 매일 계속하여 먹으면 피부가 붉어지는 경우가 있지만, 먹는 것을 중단하면 별 다른 문제가 없다.

모싯대

모싯대

생태(生態)

도라지과의 다년초(多年草)이다.

특징

잎은 거의 삼각형이며, 길이 8~15cm, 가장자리에 톱니가 있으며, 줄기에 호생(互生)한다. 줄기는 가운데가 비어 있으며, 높이 1m 정도이며, 이른 가을에 줄기 끝에서 담자색의 작은 꽃이 핀다. 줄기를 자르면 흰 유액(乳液)이 나온다.

먹는 방법

봄에서 이른 여름에 걸쳐서 어린 싹을 채집하여 더운 물에 데쳐서 나물로 먹는다.

기타

맛이 좋은 산나물인 잔대와 비슷하지만, 잔대는 잎이 3~4개가 돌려나고, 모싯대는 잎이 호생(互生; 어긋남)하므로 쉽게 구별이 가능하다.

모싯대의 뿌리를 생약 제니(薺苨)라고 하며, 기관지염, 뱀에 물렸을 때에 사용한다.

물 구

우리들의 산나물

물구

생태(生態)

백합과의 햇볕이 잘 드는 들판에 나는 다년초(多年草)이다.

특징

인경(鱗莖)은 난구형(卵球形)이며 부드럽고 백색을 띤 담녹색이다. 4월에 잎 사이에서 화경(花莖)이 1개 드물게 2개 나오며, 끝에 꽃이 핀다.

먹는 방법

이른 봄에서 이른 여름에 어린잎과 인경(鱗莖)을 채집하여 어린잎은 더운 물에 데쳐서 나물로 먹고, 인경(鱗莖)은 김치에 넣어서 먹는다.

기타

물구의 인경(鱗莖)을 생약 산자고(山慈姑)라고 하며, 강장(强壯), 강심(强心), 진통제로 사용한다.

미나리

미나리

생태(生態)

미나리과의 다년초(多年草)로서 전국의 습지 등에서 재배한
다.

특징

높이 30cm이상이며, 털이 없으며 줄기는 길게 진흙 속에
있다. 잎은 호생하고 삼각형의 달걀형이며, 1~2회 우상(羽
狀)으로 갈라지며 소엽(小葉)은 가장자리에 톱니가 있다. 꽃
은 7~8월에 흰색의 산형화서로 핀다.

먹는 방법

겨울이나 봄에 어린것을 채집하여 나물로 먹는다.

미나리 냉이

미나리 냉이

생태(生態)
십자화과의 다년초로서 산지의 습지(濕地)에 군생한다.

특징
줄기는 높이 60cm 정도이며, 잎은 5~7개의 잎으로 되는 우상복엽(羽狀複葉)이다. 4~6월에 흰 꽃이 핀다.

먹는 방법
4~6월에 어린 싹을 채집하여 더운 물에 데쳐서 나물로 먹는다.

기타
미나리냉이의 뿌리를 채자칠(菜子七)이라고 하며, 백일해의 치료에 사용한다.

미역취

미역취

생태(生態)

국화과의 다년초(多年草)로서 햇볕이 잘 드는 산야에 자생한다.

특징

높이 30~60cm로 직립한다. 잎은 어긋나며 근생엽(根生葉)은 뭉쳐난다. 8~10월에 황색의 작은 꽃이 수상(穗狀)으로 핀다.

먹는 방법

어린 싹이나 잎을 채집하여 더운 물에 데쳐서 나물로 먹는다.

기타

미역취의 전초(全草)를 일지황화(一枝黃花)라고 하며, 감기, 두통, 인후통(咽喉痛)의 치료에 사용한다.

민들레

🌿 민들레

생태(生態)

국화과의 다년초(多年草)이다.

특징

양지에서 자라며 원줄기가 없고 잎이 총생하여 옆으로 퍼진다. 잎은 도피침상 선형이며, 길이 6~15cm, 나비 1.2~5cm로서 무 잎처럼 길게 가라지며, 열편은 6~8쌍으로서 털이 약간 있으며, 가장자리에 톱니가 있다. 꽃은 4~5월에 핀다. 한국산 민들에는 총포(總苞)가 똑바로 서지만, 서양 민들레는 총포가 뒤로 굽어지며, 가을에도 꽃이 핀다.

먹는 방법

어린 잎을 채집하여 더운 물에 데쳐서 나물로 먹는다.

기타

민들레(*Taraxacum platycarpum* H. Dahlstaedt) 및 동속식물의 전초를 생약 <u>포공영(蒲公英)</u>이라고 하며, 열(熱)을 식히고, 독(毒)을 풀어주며, 종(腫)을 제거하는 작용이 있으며, 건위, 해독, 수종(水腫), 유방염의 치료에 사용한다.

우리들의 산나물

박주가리

박주가리

생태(生態)

박주가리과의 덩굴성 다년초(多年草)로서 전국의 평지에서 낮은 산의 길가에 자생한다.

특징

잎은 심장형이며, 대생(對生)한다. 여름에 잎이 붙은 뿌리에서 뻗은 화경(花莖)에 담자색의 작은 꽃이 10~20개 무리지어서 핀다.

먹는 방법

늦은 봄에서 이른 여름에 걸쳐서 어린 싹을 채집하여, 삶아서 나물로 먹는다. 또는 튀김을 하여 먹어도 좋다.

기타

박주가리의 전초(全草) 또는 뿌리를 건조한 것을 생약 나마(蘿藦)라고 하며, 열매를 나마자(蘿藦子)라고 한다. 나마는 양위(陽痿), 유즙불통(乳汁不通)의 치료에 사용하며, 나마자는 몸이 허약한 사람에 사용한다.

뱀 무

🌿 뱀무

생태(生態)

장미과의 다년초로서 평지에서 높은 곳까지 산길 등의 습지에 자생한다.

특징

근생엽(根生葉), 경엽(莖葉) 및 탁엽(托葉) 모두 털이 있다. 줄기는 높이 60~100cm이며, 털이 많다. 초여름에 가지 끝에 황색의 꽃이 핀다.

먹는 방법

어린잎을 채집하여 더운 물에 데쳐서 나물로 먹는다.

기타

뱀무 *Geum japonica thunberg* 의 전초를 생약 수양매(水楊梅)라고 하며, 주로 민간적으로 이뇨제, 수렴, 생리불순(生理不順), 복통(腹痛), 골절 등의 치료에 사용한다.

벗 풀

🌿 벗 풀

생태(生態)

택사과의 다년초로서 전국의 논, 연못, 습지 등에 자생하며, 햇볕이 잘 드는 곳에 군생한다.

특징

잎은 길이 30cm 정도이며, 예리한 삼각형이며, 아래쪽은 깊게 들어간다. 긴 엽병(葉柄)은 뿌리 부근에 뭉쳐져 있다. 여름에서 가을에 걸쳐서 40~80cm의 화경(花莖)이 뻗으며, 흰 꽃잎 3개가 각 마디마다 3개씩 돌려서 난다. 화경(花莖)의 아래쪽에 암꽃, 위쪽에 수꽃이 핀다. 가을이 되면 5~15mm의 괴경(塊莖)이 생긴다.

먹는 방법

늦은 가을에서 겨울에 걸쳐서 말라죽은 벗풀의 중심 20cm 이내에 괴경(塊莖)을 채집한다. 괴경(塊莖) 표면의 인편엽(鱗片葉)을 제거하고 삶아서 소금을 쳐서 먹는다. 삶은 것을 버터 등으로 튀겨서 먹어도 좋다. 또한 어린잎은 이른 여름에 채집하여 삶아서 나물로 먹는다.

별 꽃

별 꽃

생태(生態)
패랭이꽃과의 2년 초(草)로서 전국의 길가 및 공한지에 자생한다.

특징
잎은 심장형이며, 줄기에 대생(對生)한다. 봄에서 가을에 걸쳐서 가지 끝에 흰 꽃이 핀다.

먹는 방법
줄기와 잎을 채집하여 더운 물에 데쳐서 나물로 먹는다.

기타
별꽃의 전초(全草)를 생약 <u>번루(蘩蔞)</u>라고 하며, 산후복통(産後腹痛), 유즙부족(乳汁不足), 타박상의 치료에 사용한다.

보리수나무

보리수나무

생태(生態)

보리수나무과의 소목(小木)으로 전국의 산야에 자생한다.

특징

높이 3~4m이며, 봄에 꽃이 피며, 열매는 구형(球形)이며, 직경 7mm정도이다. 가을에 붉게 익는다.

먹는 방법

붉게 익은 열매를 생식하기도 하며, 술을 담구어서 먹는다.

기타

보리수나무의 잎, 열매 및 뿌리를 우내자(牛奶子)라고 하며, 해수(咳嗽), 이질의 치료에 사용한다.

우리들의 산나물

뽕나무

뽕나무

생태(生態)

뽕나무과의 낙엽목(落葉木)으로 전국의 산야에 분포하며, 서부 경남 지역에 서 누에의 먹이로 많이 재배한다.

특징

낙엽교목 또는 관목으로 가는 가지는 회갈색~회백색이며, 잔털이 있으나 차츰 없어진다. 잎은 난상원형~긴타원형 난상이며, 3~5개로 갈라진다. 자웅이주(雌雄異株)이며, 열매는 6월에 검게 익는다.

먹는 방법

어린 싹과 어린잎을 더운 물에 데쳐서 나물로 먹는다. 또한 흑자색으로 잘 익은 열매는 그대로 먹든지, 잼 또는 과실주(果實酒)로 만들어서 먹는다.

기타

뽕나무(*Morus alba* L.)의 잎, 가지, 열매 및 근피(根皮)를 약용으로 사용한다. 잎을 생약 상엽(桑葉), 가지를 상지(桑枝), 근피(根皮)를 상백피(桑白皮), 열매를 상실(桑實)이라고 하며, 고혈압 및 당뇨병의 치료약으로 사용한다.

*상실주(桑實酒); 상실(桑實) 500g과 설탕 또는 벌꿀 300g을 소주 1되에 넣어서 냉암소에 1달 정도 보관하였다가 1일 30~60g을 잠자기 전에 복용하면 고혈압 및 해수(咳嗽)의 치료에 효능이 있다.

비 름

비름

생태(生態)

비름과의 1년 초(草)이며, 전국의 들에 자라며, 민가(民家) 주위에 많이 자생한다.

특징

잎은 둥근 모양의 능형(稜形)이며, 끝이 약간 구부러져 있다. 줄기는 높이 50cm 이다. 여름에 줄기 끝에 녹색의 작은 꽃이 핀다. 생육(生育)이 빠르며, 여름에 떨어진 종자에서 싹이 나서 가을에 또 꽃이 핀다.

먹는 방법

초여름에서 가을까지 비름의 가지 끝을 채집한다. 더운 물에 데쳐서 잘 씻은 후에 참기름 등으로 비벼서 나물로 먹는다. 튀김이나 즙을 내어서 먹어도 좋다.

기타

푸른비름(털비름)은 잎이 삼각상의 난형(卵形)이며, 줄기는 80cm정도이며, 화수(花穗)도 길다. 비름과 마찬가지로 먹어도 좋다.

비름의 전초(全草)를 건조한 것을 생약 현(莧)이라고 하며, 위장병의 치료에 사용한다.

산마늘

산마늘

생태(生態)

백합과의 다년초(多年草)로서 울릉도에 많이 분포한다.

특징

잎은 가늘고 긴 타원형이며, 길이 20~30cm, 나비 4~7cm 이다. 1개체의 잎은 1~2개가 보통이다. 이른 여름에 50cm정 도의 꽃대가 나온다.

먹는 방법

어린 싹, 어린잎을 채집하여 더운 물에 데쳐서 나물로 먹는 다. 인경(鱗莖)은 1년 중에 채집하여 마늘과 같은 방법으로 먹는다.

기타

산마늘의 인경(鱗莖)을 생약 각총(茖葱), 산총(山葱)이라고 하며, 소화불량, 창독(瘡毒)의 치료에 사용한다.

우리들의 산나물

삽 주

삽 주

생태(生態)

국화과의 다년초(多年草)이며, 우리나라 전국의 산에 자생한다.

특징

잎은 우상(羽狀)으로 깊게 쪼개어지지만, 어린잎이나 꽃 부근의 잎은 타원형이다. 잎의 뒷면에 단모(短毛)가 있으며, 가장자리에 가시 모양의 털이 있다. 줄기는 60cm정도이며, 가을에 꽃이 핀다.

먹는 방법

봄에 어린 싹을 채집하여 더운 물에 삶아서 나물로 먹는다. 또한 어린잎을 튀김으로 하여 먹어도 좋다.

기타

삽주(*Atractylodes japonica* Koidz.)의 지하부를 건조한 것을 생약 백출(白朮)이라고 하며, 백출은 비(脾)의 힘을 강화시키며, 수독(水毒)으 제거하는 요약(要藥)으로서 소변불리(小便不利), 신체동통(身體疼痛), 위장염(胃腸炎), 부종(浮腫) 등에 사용한다.

솔체꽃

솔체꽃

생태(生態)

산토끼꽃과로서 깊은 산의 햇볕이 잘 드는 초지(草地)에 자생하는 2년 초(草)이다.

특징

줄기의 높이 60~90 cm, 잎은 마주나며 우상(羽狀)으로 깊게 나누어지고, 근출엽(根出葉)은 넓고 윗 쪽은 좁게 된다. 가을에 고원(高原)을 아름답게 수놓는 담자색의 꽃이 핀다.

먹는 방법

어린잎을 채집하여 더운 물에 데쳐서 나물로 먹는다.

우리들의 산나물

솜 대

우리들의 산나물

🌿 솜 대

생태(生態)

백합과로서 낮은 산에서부터 높은 산에 걸쳐서 약간 습하고 어두운 곳에 자생하는 다년초(多年草)이다.

특징

줄기는 높이 30cm정도이며 비스듬하게 자라며, 잎은 길이 6~12cm, 나비 3~6cm이다. 초여름에 줄기 끝에서 백색의 꽃이 핀다.

먹는 방법

4~6월에 어린 싹을 채집하여 더운 물에 데쳐서 나물로 먹는다.

기타

솜대의 근경(根莖)을 건조한 것을 생약 녹약(鹿藥)이라고 하며, 피로, 두통, 타박상, 월경불순의 치료에 사용한다.

수 영

수 영

생태(生態)

여뀌과의 다년초(多年草)로서 전국의 산야(山野), 도로변, 빈터 등에 자생한다. 햇볕이 잘 들고, 습기가 많은 곳에서 잘 자란다.

특징

잎은 뿌리에서 뭉쳐서 나며, 길이 5~15cm의 가늘고 긴 삼각형이며, 엽병은 길다. 초여름, 줄기 끝에 여러개의 담녹색의 작은 꽃이 핀다.

먹는 방법

어린 싹이나 줄기를 채집하여 더운 물에 데쳐서 나물로 먹는다.

기타

프랑스에서는 야채로 재배하며, 「소레르」라고 한다. 잎은 크고 부드러우며, 많은 품종(品種)이 있다.

쑥

쑥

생태(生態)

국화과의 다년초(多年草)로서 초원(草原) 및 산야(山野)의 햇볕이 잘 드는 곳에 자생한다.

특징

줄기는 높이 60~90cm이며, 잎은 어긋나며, 긴 달걀형이며, 1~2회 우상중열(羽狀中裂)하며, 잎의 뒷면에 솜털(字毛)이 많다. 7~10월에 담자홍색의 관상화(管狀花)로 된 두화(頭花)가 핀다.

먹는 방법

이른 봄에 어린 싹을 채집하여 국이나, 떡을 만들어서 먹는다.

기타

쑥(*Artemisia princeps* Pamp.)의 잎 또는 줄기를 건조한 것을 생약 애엽(艾葉)이라고 하며, 애엽(艾葉)은 기혈(氣血)과 경맥(經脈)을 따뜻하게 하여, 한습(寒濕)을 물리치고 냉통(冷痛)을 멈추게 하는 작용이 있으므로, 수렴성지혈(收斂性止血), 진통약으로 임신중의 하혈(下血), 복통, 토사(吐瀉) 등에 사용된다.

우리들의 산나물

쇠비름

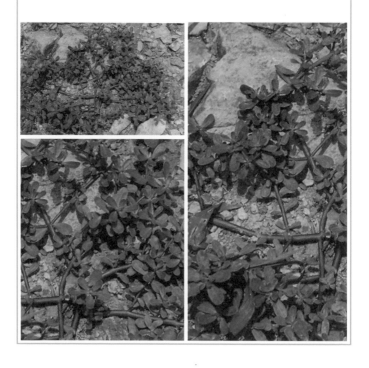

쇠비름

생태(生態)

쇠비름과의 1년 초(草)로서 전국의 밭이나 정원 및 햇볕이 잘 드는 길가에 자생한다.

특징

줄기는 적갈색으로 육질(肉質)이며, 가지가 나누어져서 땅으로 긴다. 잎은 도난형으로 길이 1.5~2cm이며, 붉은 색을 띤다.

먹는 방법

초여름에서 늦은 가을에 걸쳐서 잎을 채집하여 더운 물에 데쳐서 햇볕에 건조하여 나물로 먹는다.

기타

쇠비름(*Portulaca oleraceae* L.)의 전초(全草)를 생약 마치현(馬齒莧)이라고 하며, 마치현은 청열(淸熱), 해독(解毒), 양혈(養血), 이장(利腸)의 효능이 있으므로, 임질, 부인냉증, 부스럼, 이뇨제로 사용한다.

승 마

🌿 승마

생태(生態)

미나리아재비과의 다년초(多年草)로서 중부 이북의 산림지(山林地)의 습한 곳에 자생한다.

특징

지하부가 굵으며 자흑색이고 높이가 1m에 달한다. 잎은 엽병(葉柄)이 3개씩 1~2회 갈라지고 소엽(小葉)은 난형이다. 8~9월에 흰 꽃이 복총상화서(複總狀花序)로 핀다.

먹는 방법

어린 싹과 어린잎을 봄에 채집하여 더운 물에 데쳐서 나물로 먹는다.

기타

승마(*Cimicifuga heracleifolia* Komarov) 및 동속식물의 근경(根莖)을 생약 승마(升麻)라고 하며, 해열(解熱), 해독(解毒), 항염증약으로서 두통, 인후통(咽喉痛), 감기, 마진(痲疹), 탈항(脫肛) 등의 치료에 사용한다.

약모밀

🌿 약모밀

생태(生態)

　삼백초과의 다년초(多年草)로서 고기 비린내가 난다고 하여 어성초(魚腥草)라는 이름이 붙었다.

특징

　잎은 심장형으로 길이 4~8cm이다. 장마철에 1~3cm의 흰 꽃이 핀다.

먹는 방법

　어린 싹과 잎을 채집하여 물에 하루 정도 담구어 두었다가, 더운 물에 데쳐서 나물로 먹는다. 냄새가 날 때에는 식초를 넣으면 냄새가 없어진다. 지하줄기는 가늘게 잘라서 더운 물에 데쳐서 나물로 먹는다.

기타

　약모밀(*Houttuynia cordata* Thunb.)의 전초를 十藥(重藥)이라고 하며, 주로 민간약으로 해열(解熱), 해독(解毒), 소염약으로 사용한다. 일반적으로 삼백초(*Saururus chinensis* Baill)와 혼동하는 경우가 많은데, 전혀 다른 식물이며, 삼백초에는 고기 비린내가 나지 않는다.

얼레지

🌿 얼레지

생태(生態)

백합과의 다년초(多年草)로서 이른 봄, 고산 지대의 경사면에 자생한다.

특징

인경(鱗莖)은 땅 속 25~30cm 정도 깊게 있으며, 한쪽으로 굽은 피침형에 가까우며, 길이 6cm, 직경 1~2cm이다. 잎은 긴 장타원형으로 녹색이며, 자갈색의 반점이 있으며, 작은 개체에는 1장, 꽃이 핀 개체에는 2장이 있다. 이른 봄에 15~25cm 정도의 화경(花莖)의 끝에 아름다운 홍자색의 꽃이 핀다.

먹는 방법

이른 봄에 잎을 채집하여 말려서 나물로 먹는다. 잎은 튀김으로도 먹는다.

강원도의 태백산, 함백산, 계방산 등에 많이 자생하며, 이곳 지역에서 나물로 많이 먹는다.

기타

옛날에 얼레지의 인경(鱗莖)에서 전분을 채취하여, 감자 전분의 대용(代用)으로 식용으로 사용하였지만, 지금은 거의 사용하지 않는다.

엉겅퀴

엉겅퀴

생태(生態)

국화과의 다년초(多年草)로서 변종이 많으며, 전국의 산야(山野)에 골고루 분포한다.

특징

줄기 60~100cm이며, 때로는 2m가 되는 것도 있다. 잎에는 가시가 많으며, 엽병은 없다. 근생엽(根生葉)은 어긋나며, 털이 있다. 초여름에 홍자색의 아름다운 꽃이 핀다.

먹는 방법

어린잎은 이른 봄에, 어린줄기는 3-6 월에 채집하여 더운 물에 데쳐서 나물로 먹는다.

기타

엉겅퀴(*Cirsium japonicum* DC. var. *ussuriense* Kitamura) 및 동속식물의 지하부를 생약 대계(大薊)라고 하며, 소염, 지혈약으로서 토혈(吐血), 장출혈(腸出血), 뇨혈(尿血), 부인혈붕(婦人血崩)에 사용한다.

연

연

생태(生態)

수련과의 다년초(多年草)로서 관상용 또는 식용으로 전국의 못에서 재배한다.

특징

잎은 긴 엽병(葉柄)에 의해서 물위에 나오며, 원형으로 직경 50cm정도이다. 여름에 긴 엽병이 뻗어서 끝에 크고 아름다운 담홍색의 꽃이 핀다. 지하경(地下莖)은 가을까지 굵어지며, 소위 연근(蓮根)이 된다.

먹는 방법

종자(種子)는 가을에 채집하여 껍질을 벗겨서 먹는다. 중국에서는 요리를 하여 먹는다. 根莖(蓮根)은 가을에서 겨울에 채집하여 삶아서 여러 가지 음식으로 먹는다.

기타

연꽃(*Nelumbo nucifera* Gaertner)의 성숙한 과실을 생약 석연자(石連子) 또는 연실(連實)이라고 하며, 껍질을 벗긴 종자를 연육(蓮肉)이라고 한다. 또한 잎을 하엽(荷葉)이라고 한다. 연육(蓮肉)은 진정, 자양 강장약으로 하리(下痢), 유정(遺精)에 사용하며, 석연자(石連子)는 하리(下痢), 구토(嘔吐) 등에 사용하며, 잎은 지혈(止血), 해독, 강장에 사용하며, 연근(蓮根)은 어혈(瘀血), 뇨혈(尿血)에 사용한다.

예덕나무

예덕나무

생태(生態)

대극과로서 따뜻한 남부 지방 (부산 등)에 자생한다.

특징

낙엽고목(落葉高木)으로 잎은 어긋나며 길고 붉은 엽병(葉柄)이 있으며, 털이 있으며 어린잎은 홍적색이다. 자웅이주(雌雄異株). 여름에 가지 끝에서 꽃이 핀다.

먹는 방법

봄에 어린잎을 채집하여 더운 물에 데쳐서 나물로 먹는다.

기타

예덕나무(*Mallotus japonicus* Mueller)의 수피(樹皮)를 민간약으로 사용하며, 상습성변비, 위산과다, 위장신경증 등에 사용한다..

오갈피나무

🌿 오가피나무

생태(生態)

오갈피나무과의 낙엽저목(落葉低木)으로 전국에 분포하며, 시골의 민가(民家)부근에 심는다.

특징

높이 1~2m이며, 잎은 깊게 5개로 나누어지며 손바닥 모양이며 엽병(葉柄)은 길다. 초여름에 녹백색의 작은 꽃이 둥글게 피며, 가을이 되면 열매는 검게 익는다. 자웅이주(雌雄異株)이다.

먹는 방법

어린잎을 채집하여 더운 물에 데쳐서 먹는다. 신선한 것을 튀김을 하여도 좋으며, 즙을 내어서 먹어도 좋다. 열매 및 뿌리는 술을 담구어서 복용한다.

기타

오갈피나무의 가지, 가지 껍질 및 뿌리 껍질을 생약 오가피(五加皮)라고 하며, 풍(風)을 제거하며, 근(筋)을 튼튼히 하는 약물이며, 강장(强壯), 이수(利水), 거습(祛濕), 진통약으로 사용한다.

*오가피주(五加皮酒): 오가피 200g을 잘게 절단하여 설탕 350g, 소주 1되를 넣어서 냉암소에 1개월 보관한 후, 1일 30~40ml를 복용한다. 자양, 강장, 체력증강에 효과가 있다.

옥잠화

우 리 들 의   산 나 물

옥잠화

생태(生態)

백합과의 다년초(多年草)로서 평지에서 고산대까지 습한 곳에 군생(群生)하며, 중국에서 들어온 귀화식물이다.

특징

잎은 길이 15~30 cm, 끝이 굽은 난형(卵形)이며, 중앙의 두꺼운 엽맥(葉脈)에서 엽선(葉先)을 향해서 가는 엽맥(葉脈)이 나란히 있다. 여름에 30~100cm의 화경(花梗)이 뻗으며, 담자색~적자색의 꽃이 핀다.

먹는 방법

봄에서 초여름에 걸쳐서 잎이 펼쳐지기 전에 통 모양으로 감겨있는 어린 싹을 채집한다. 이것을 더운 물에 데쳐서 나물로 먹는다. 또한 꽃을 여름에 채집하여 말려서 나물로 먹는다.

기타

옥잠화의 뿌리를 건조한 것을 옥잠화근(玉簪花根)이라고 하며, 인후통(咽喉痛)의 치료에 사용한다.

올방개

올방개

생태(生態)

사초과의 다년초(多年草)로서 논이나 못 등의 얕은 곳에 자생한다.

특징

줄기는 높이 40~100cm, 직경 약 5mm이며, 가운데가 비어 있다. 수개~10數개가 뿌리에서 다발로 뭉쳐 나와서 잎처럼 보인다. 잎은 없다. 흙 중에 지하경(地下莖)이 뻗어서, 가을에 선단이 비대(肥大)해 지고, 직경 1~2mm의 괴경(塊莖)이 된다.

먹는 방법

가을에서 다음해의 봄까지 채집하여 껍질을 벗기고, 깨끗이 씻은 후에 가볍게 삶아서 먹는다.

기타

옛날부터 식용으로 사용되었지만, 최근에 논의 잡풀로 취급되고 있다.

우리들의 산나물

왕꼬들빼기

왕꼬들빼기

생태(生態)

국화과의 다년초(多年草)로 전국의 산, 초원(草原) 및 길가에 자생한다.

특징

높이가 1~2m에 달하는 1~2년(年) 초(草)로서 근생엽(根生葉)은 꽃이 필 때 없어지고 경생엽(莖生葉)은 10~30cm이다. 꽃은 황색이며, 여름에 핀다.

먹는 방법

봄에 어린잎을 채집하여 더운 물에 데쳐서 나물로 먹는다.

기타

왕꼬들빼기의 전초(全草)를 산와거(山萵苣)라고 하며, 산와거는 해열제(解熱劑)로 사용하며, 또한 민간약으로 위장병의 치료에 사용한다.

우산나물

우산나물

생태(生態)

국화과의 다년초(多年草)이다. 전국의 구릉이나 산지에 자생한다.

특징

잎은 나비 10~20cm, 단풍나무의 잎처럼 5~7편의 장상(掌狀)으로 깊게 나누어진다. 엽병(葉柄)은 5~15cm. 줄기는 바로 서며, 높이 60~90cm이며, 여름에 줄기 끝에 담자색의 꽃이 10개정도 핀다.

먹는 방법

봄에서 여름에 걸쳐 20cm정도의 것을 채집하여, 더운 물에 데쳐서 나물로 먹는다.

기타

우산나물의 전초(全草)를 생약 토아산(兎兒傘)이라고 하며, 토아산은 타박상, 관절동통(關節疼痛)의 치료에 사용한다.

원추리

🌿 원추리

생태(生態)

백합과의 다년초(多年草)로서 우리나라의 산야(山野)에 널리 분포한다.

특징

어린잎은 종(縱)으로 2개로 접혀 있고 칼과 같으며, 좌우 교대로 붙는다. 여름에 화경(花梗)이 1m정도 뻗으며, 그 끝에 10개 정도의 등적색의 꽃이 핀다. 꽃은 아침에 피어서 저녁에 오그라든다.

먹는 방법

봄에 어린 싹이 10~20cm 자란 것을 채집한다. 삶아서 나물로 먹든지, 튀김으로 먹는다.

기타

원추리(*Hemerocallis fulva* L.)의 뿌리를 생약 훤초근(萱草根)이라고 하며, 이뇨, 지혈(止血), 소염제, 간질환의 치료에 사용한다. 중국요리의 「금침채(金針菜)」는 원추리의 꽃봉오리를 더운물에 데쳐서 건조한 것이다.

으름덩굴

🌿 으름덩굴

생태(生態)

으름덩굴과의 덩굴성 식물이며, 우리나라 산야(山野)에 널리 분포하고 있다.

특징

소엽(小葉)이 손바닥 모양으로 5개가 뭉쳐서 1組를 이룬다. 봄에 잎이 생길 때에 꽃이 함께 핀다. 꽃이 큰 것이 암꽃, 작은 것이 숫꽃 이다. 가을에 열매는 자갈색으로 익으며, 종으로 쪼개어져서 안의 흰 과육(果肉)이 보인다.

먹는 방법

봄부터 이른 여름에 걸쳐서 새로 나온 덩굴의 끝의 어린잎을 채집한다. 이것을 더운 물에 데쳐서 나물로 먹는다. 약간 쓴맛이 있지만, 이 맛이 특징이다.

열매: 잘 익은 검은 종자(種子)가 많이 들어있는 열매를 그대로 먹는다. 열매가 종으로 쪼개어지지 않은 것은 하루반 정도 성숙시키면 쪼개어 진다. 열매의 껍질도 쇠고기, 돼지고기 등과 볶아서 먹는다.

기타

으름덩굴의 줄기를 생약 목통(木通)이라고 하며, 청열리수(淸熱利水)의 약물로서 통유(通乳)의 작용이 있으며, 소염성 이뇨, 진통약으로서 습열(濕熱)을 제거하고, 소변을 잘 나오게 하며, 신경통, 관절통에 사용된다.

우리들의 산나물

이삭여뀌

🌿 이싹여뀌

생태(生態)

마디풀과로서 평지 및 산길의 약간 습기가 있는 곳에 자생하는 다년초(多年草)이다.

특징

줄기의 높이 50~80cm이며, 긴 털이 있다. 잎은 길이 5~15cm이며 넓은 타원형이며 양면에 털이 있다. 여름에서 가을에 걸쳐서 여러 개의 화경(花莖)을 내어서 홍색의 작은 꽃이 핀다.

먹는 방법

어린 싹을 채집하여 더운 물에 데쳐서 나물로 먹는다.

기타

이삭여뀌의 전초(全草)를 생약 금선초(金線草)라고 하며, 류마티스, 타박상, 월경통의 치료에 사용한다.

이질풀

🌿 이질풀

생태(生態)

쥐손이풀과의 다년초(多年草)로서 산야(山野)의 길가 및 들판의 햇볕이 잘 드는 곳에 자생한다.

특징

줄기는 땅을 기며, 잎은 마주나며 3~5개로 심열(深裂)한다. 7~10월에 홍자색 또는 백색의 꽃이 핀다.

먹는 방법

어린잎을 채집하여 더운 물에 데쳐서 나물로 먹는다.

기타

이질풀*Geranium nepalense* Sweet subsp. *thunbergii* (S.et Z.) Hara 및 동속식물의 전초를 생약 현초(玄草)라고 하며, 주로 민간약으로서 건위(健胃), 정장약 (整腸藥)으로 사용한다.

우리들의 산나물

자운영

자운영

생태(生態)

중국 원산(原産)의 콩과의 2년초로서 전국의 밭이나 들판에 자란다.

특징

잎은 9~13개의 우수우상복엽(奇數羽狀復葉)으로 되며, 길 이 10cm정도이다.

먹는 방법

봄에 어린 싹을 채집하여 더운물에 데쳐서 나물로 먹는다. 꽃은 튀김으로 먹는다.

기타

자운영의 전초(全草)를 생약 홍화채(紅花菜)라고 하며, 인 후통(咽喉痛), 외상출혈(外傷出血)의 치료에 사용한다.

잔 대

잔 대

생태(生態)

도라지과의 다년초(多年草)로 햇볕이 잘드는 전국의 야산(野山)에 자생한다.

특징

잎은 끝이 굽어있는 타원형으로 길이 4~8cm이며, 3~5장씩 줄기에 돌려난다. 어린 싹을 자르면 흰 유액(乳液)이 나온다. 뿌리는 직경 2~3cm이며, 깊게 뻗는다.

먹는 방법

이른 봄에 싹을 채집하여 더운물에 데쳐서 나물로 먹으며, 또한 뿌리는 더덕과 마찬가지로 나물 및 고추장으로 구워서 먹는다. 단, 뿌리를 먹을 때는 껍질을 벗기고, 물에 2~3일 담구어 놓았다가 식용으로 사용한다.

기타

잔대*Adenophora triphylla* A. DC. *var. japonica Hara* 및 동속 식물의 뿌리를 생약 사삼(沙蔘)이라고 하며, 사삼(沙蔘)은 진해, 거담, 강장약으로 사용한다.

우리들의 산나물

제비꽃

🌿 제비꽃

생태(生態)

제비꽃과의 다년초(多年草)로서 봄을 알려 주는 대표적인
꽃 중의 하나이다.

특징

잎은 피침형이며, 길이 3~8 cm, 나비 1~2.5cm로서 가장자
리에 얕고 둔한 톱니가 있다. 엽병은 길이 3~15cm이며, 윗
부분에 날개가 있다.

먹는 방법

봄에 어린잎을 채집하여 더운 물에 데쳐서 나물로 먹는다.

기타

제비꽃*Viola mandshurica* Becker 및 동속식물의 全草를 생
약 지정(地丁) 또는 자화지정(紫花地丁)이라고 하며, 지정(地
丁)은 청열(淸熱), 청혈(養血), 해독(解毒)의 효능이 있으며,
해독, 항염증, 진통약으로서 각종의 화농성 질환에 사용한다.
또한 민간적으로 갑상선 암의 치료에 많이 사용한다.

질경이

질경이

생태(生態)

질경이과의 다년초(多年草)로서 전국의 산야(山野)에 자생한다. 길가나 공터 등에 잘 자란다.

특징

잎은 뿌리에서 뭉쳐서 나며, 끝이 약간 구부러진 난형(卵形)이며, 엽병(葉柄)이 길다. 봄에서부터 가을에 걸쳐서 10~30cm의 화경(花梗)이 나오며, 작은 꽃이 밀생하며, 밑에서부터 위로 향하여 꽃이 핀다.

먹는 방법

봄에서 여름까지 가능한 어린 잎을 채집하여, 더운 물에 데쳐서 나물로 먹는다. 신선한 잎은 튀김을 하여 먹는다.

기타

질경이(*Plantago asiatica* L.)의 성숙한 종자를 건조한 것을 생약 차전자(車前子)라고 하며, 전초(全草)를 건조한 것을 차전초(車前草)라고 하며, 차전자는 소변을 잘 나오게 하며, 습열(濕熱)을 식히며, 눈을 좋게 하는 작용이 있다. 차전자(車前子), 차전초(車前草) 모두 소염(消炎), 이뇨(利尿), 지사약(止瀉藥)으로 사용한다.

우리들의 산나물

짚신나물

짚신나물

생태(生態)

장미과로서 낮은 산, 산록의 길가, 약간 습한 곳에 자생(自生)한다.

특징

높이 30~100cm이며 전체에 털이 있다. 잎은 어긋나며 우상복엽(羽狀複葉)으로 5~7개의 소엽(小葉)이 있으나 밑 부분의 소엽(小葉)은 점차 작아진다. 6~8월에 총상화서(總狀花序)의 황색의 꽃이 핀다.

먹는 방법

어린 싹을 채집하여 더운물에 데쳐서 나물로 먹는다.

기타

짚신나물(*Agrimonia pilosa* Ledeb.)의 전초를 생약 선학초(仙鶴草) 또는 용아초(龍芽草)라고 하며, 지혈(止血)에 특효가 있으며, 모든 출혈(出血)의 치료에 사용한다.

우리들의 산나물

참나물

참나물

생태(生態)
미나리과의 다년초(多年草)이다.

특징
잎은 3개의 소엽(小葉)으로 된다.

먹는 방법
이른 봄에 잎을 채집하여 더운 물에 데쳐서 나물로 먹는다.

기타
민간에서 참나물의 전초(全草)를 지혈(止血), 해열제(解熱劑), 고혈압의 치료에 사용한다.

참 취

참취

생태(生態)

국화과의 다년초(多年草)로서 우리나라의 산에 널리 분포한다.

특징

높이 1.5m 정도이며 직립(直立)한다. 잎은 어긋나며, 근생엽(根生葉)과 아래쪽의 잎은 엽병(葉柄)과 익(翼)이 있다. 가을에 흰색의 설상화(舌狀花)와 황색의 관상화(管狀花)가 핀다.

먹는 방법

봄에 어린 싹과 잎을 채집하여 더운물에 데쳐서 나물로 먹는다.

기타

참취의 전초(全草)를 생약 동풍채(東風菜), 뿌리를 동풍채근(東風菜根)이라고 하며, 동풍채는 타박상 및 뱀에 물렸을 때에 사용하며, 동풍채근은 복통(腹痛), 타박상의 치료에 사용한다.

청 목

청목

생태(生態)

층층나무과로 일본에서 도입되어 남부 지역에서 원예종으로 많이 심는다.

특징

상록저목(常綠低木)으로 높이 2m정도이다. 잎은 마주나며 두껍고 광택이 있으며, 자웅이주(雌雄異株)이다. 봄에 가지 끝에서 꽃이 피며, 겨울에 빨갛게 익는다.

먹는 방법

2~3월에 새로 나오는 잎을 채집하여 더운 물에 데쳐서 나물로 먹는다.

기타

청목의 잎을 생약 천각판(天脚板)이라고 하며, 찰과상, 동상(凍傷), 화상(火傷)의 치료에 사용한다.

초롱꽃

초롱꽃

생태(生態)

도라지과로서 산 길, 산록 및 초지(草地)에 자생하는 다년초(多年草)이다.

특징

줄기의 높이 30~80cm이며, 잎은 장난형(長卵形)으로 어긋나며 조모(粗毛)가 많다. 6~7월경에 큰 종모양의 꽃이 핀다. 어린 싹은 1년 차에는 심장형이고, 2년 차에는 좁은 삼각형의 잎으로 바뀐다.

먹는 방법

4~6월에 어린 싹을 채집하여 더운물에 데쳐서 나물로 먹는다.

기타

초롱꽃의 전초(全草)를 생약 자반풍령초(紫斑風鈴草)라고 하며, 임후염(咽喉炎), 두통의 치료에 사용한다.

초피나무

초피나무

생태(生態)

운향과의 낙엽목(落葉木)으로 우리나라의 각지에 자생하며, 인가(人家)에서 재배한다.

특징

높이 3 m에 달하며, 탁엽이 변한 가시는 밑으로 약간 굽어 있으며, 길이 1cm이다. 잎은 호생(互生)하며, 소엽(小葉)이 5~9쌍으로 선단에 1개가 있는 우상복엽(羽狀複葉)이며, 자웅이주(雌雄異株)이다. 가을에 열매가 익으며, 붉은 껍질을 쪼개면 안에서 흑색의 종자(種子)가 나타난다.

먹는 방법

봄에 어린잎을 채집하여 나물로 먹는다. 가을에 열매를 채집하여 분말로 하여 추어탕 등에 향신료로 사용한다.

기타

초피나무(*Zanthoxylum piperitum* A.P. DC)의 果皮를 생약 산초(山椒)라고 하며, 중국에서는 촉초(蜀椒) 또는 화초(花椒)라고 한다. 산초(山椒)는 중초(中焦)를 따뜻하게 하며, 한(寒)을 물리치며, 살충(殺蟲), 진통(鎭痛)의 효능이 있으며, 방향성 건위, 소염, 이뇨, 구충약으로 사용된다.

칠엽수

🌿 칠엽수

생태(生態)

칠엽수과의 낙엽목(落葉木)으로 정원수로 많이 심는다.

특징

높이는 30m가 되는 것도 있으며, 잎은 20~30cm의 소엽(小葉) 5~7개가 장상(掌狀)으로 배열한다. 과실(果實)은 구형(球形)으로 직경 3~5cm이며, 익으면 나누어져서 안에서 1~2개의 적갈색의 광택이 있는 둥근 종자가 떨어진다.

먹는 방법

가을에 종자(種子)를 채집하여, 떫은맛과 쓴맛이 있으므로 껍질을 벗겨서 사용한다. 껍질을 벗긴 종자(種子)를 물에 2주 정도 담구어 두었다가 건조하여 분말로 하여 떡이나, 죽으로 먹는다.

기타

나무가 아름다우므로 가로수 및 목재로 많이 이용한다.

칡

🌿 칡

생태(生態)

콩과의 덩굴성 다년초(多年草)로서 전국의 산야(山野)의 양지 쪽에 널리 분포하며, 생명력이 강하다.

특징

잎은 대형의 3장으로 되며, 소엽(小葉)은 능형~난형이다.

먹는 방법

봄에서 이른 여름에 걸쳐서 어린 싹과 잎을 채집하여 물에 데쳐서 나물로 먹는다. 꽃은 여름에서 가을에 걸쳐서 채집하여 물에 데쳐서 나물로 먹는다.

기타

칡(*Pueraria thunbergiana* Benth)의 뿌리를 생약 갈근(葛根)이라고 하며, 꽃을 갈화(葛花)라고 한다. 갈근은 양명경(陽明經)의 열(熱)을 내리게 하며, 해기(解肌), 발산(發散)의 효능이 있으며, 진액(津液)을 생기게 하며, 지갈(止渴)의 효능이 있다. 갈화(葛花)는 갈증을 제거하며, 주독(酒毒)을 풀어준다.

우리들의 산나물

토끼풀

🌿 토끼풀

생태(生態)
콩과로서 유럽원산의 다년초로서 목초(牧草) 및 잔디 대용으로 이용되는 귀화식물이다.

특징
줄기는 길게 땅위를 기며, 종 종 마디에서 뿌리를 낸다. 잎은 어긋나며 긴 엽병(葉柄)이 있다. 봄에서 여름에 걸쳐서 엽액(葉腋)에서 긴 병(柄)을 내며, 그 끝에 나비 모양의 흰꽃이 핀다. 「크로바」라고도 한다.

먹는 방법
1년 중 잎을 채집하여 더운물에 데쳐서 나물로 먹는다.

하눌타리

하눌타리

생태(生態)

박과의 덩굴성 다년초. 전국의 들판이나 산야(山野)에 자생한다.

특징

잎은 심장형이며 장상(掌狀)으로 얕게 3~5개로 나누어지며, 엽병은 길다. 여름부터 초가을의 저녁 무렵에 흰꽃이 핀다. 자웅이주(雌雄異珠)이다.

먹는 방법

어린잎을 채집하여 물에 데쳐서 나물로 먹는다.

기타

하눌타리(*Trichosanthes kirilowii* maxim.)의 뿌리의 외피를 제거한 것을 생약 괄루근(栝樓根)이라고 하며, 종자를 괄루인(栝樓仁)이라고 한다. 괄루근은 해열, 지갈, 소종약으로 괄루인은 소염, 진해, 거담약으로 사용한다.

해당화

🌿 해당화

생태(生態)

장미과의 낙엽목(落葉木)으로 바닷가의 모래밭에 자생한다.

특징

높이 1.5m정도이며, 가지가 많이 나누어지며, 가지에 가시가 밀생(密生)한다. 잎은 7, 9개의 소엽(小葉)이 우상(羽狀)으로 모여난다. 봄에서 여름에 자홍색의 5개의 꽃잎이 피며, 가을에 빨간 열매가 맺는다.

먹는 방법

가을에 잘 익은 열매를 생식하거나 잼이나 과실주(果實酒)를 만들어 먹는다.

기타

해당화(*Rosa rugosa* Thunberg)의 지하부를 민간약으로 당뇨병의 치료에 사용하며, 중국에서는 동속식물인 *Rosa rugosa* Thunberg *var. plena* Regel의 꽃봉오리를 건조한 것을 매괴화(玫瑰花)라고 하며, 항염증약으로 위통(胃痛), 월경불순(月經不調), 류마치스, 타박상(打撲傷)의 치료에 사용한다.

호 도

🌿 호 도

생태(生態)

호도과의 낙엽교목(落葉高木)으로 전국의 평지 및 산지에 많이 재배한다. 특히 영동, 무주에서 많이 재배한다.

특징

잎은 난형(卵形)의 소엽(小葉)이 9~20개로 우상(羽狀)으로 된 복엽(複葉). 과실(果實)은 직경 3cm 정도의 구형(球形)이며, 표면(表面)에 털이 밀생하며, 5~10개가 방상(房狀)을 만든다. 중간에 단단한 껍질에 싸여 있다.

먹는 방법

떨어진 열매를 모아서 모래 속에 두면 과피(果皮)가 부패하여 떨어져 나가고, 껍질을 벗겨서 내용물을 먹는다.

호장근

호장근

생태(生態)

마디풀과의 다년초(多年草)이며, 전국의 산야, 빈터, 길가에 자생한다.

특징

근경은 목질(木質)이며, 길게 뻗으면서 군락을 이룬다. 잎은 길이 15cm정도이며, 줄기는 속이 비어 있으며, 암수가 다르다. 울릉도에는 잎이 30cm 정도 큰 왕호장근이 분포한다.

먹는 방법

봄에 어린 싹을 채집하여 껍질을 벗겨서 날 것을 먹든지, 두릅과 마찬가지로 삶아서 초장과 함께 먹는다.

기타

호장근(*Polygonum cuspidatum* S. et Z.)의 근경(根莖)을 건조한 것을 생약 호장근(虎杖根)이라고 하며, 통경, 이뇨, 완화, 임질, 위장병, 어혈(瘀血)의 치료에 사용한다.

우리들의 산나물

홀아비바람꽃

🌿 홀아비바람꽃

생태(生態)

미나리아재비과의 다년초로서 저산지(低山地)에서 고산(高山)까지 분포한다.

특징

근경(根莖)은 옆으로 기는 다육질(多肉質)이다. 근생엽(根生葉)은 뭉쳐서 나며 엽병(葉柄)이 길다. 엽면(葉面)에 담백색의 반점(斑點)이 있다. 4~5월에 흰색의 꽃이 핀다.

먹는 방법

3~6월에 어린잎을 채집하여 더운 물에 데쳐서 나물로 먹는다.

기타

독초(毒草)가 많은 미나리아재비과의 식물 중에서 몇 안 되는 먹을 수 있는 풀이며, 외대바람꽃, 세잎돌쩌귀와 잎의 모양이 비슷하므로 주의하여야 한다. 실제로 세잎돌쩌귀의 잎을 나물로 먹고 중독을 일으키는 경우가 종 종 있다.

유
독
식
물

유독식물
[有毒植物]

🌿 가을가재무릇(꽃무릇)

생태(生態)

수선과의 다년초(多年草)로서 중국에서 도래되어 야생화 되어 있다.

특징

인경(鱗莖)은 타원형이며, 가을에 화경(花莖)이 30~50cm 뻗으며, 끝에 10수개 정도의 붉은 색의 꽃이 윤상(輪狀)으로 핀다. 꽃이 핀 후에 잎이 길게 뻗으며, 다음 봄에 말라 죽는다.

독성(毒性)

전초 특히 인경(鱗莖)에 리코린 등의 독성이 강한 알칼로이드를 함유한다. 이것을 먹게 되면 구토, 복통, 설사 등을 일으키며, 많이 먹으면 경련 및 허탈증을 일으킨다.

기타

가을가재무릇(Lycoris radiata Herbert)의 구경(球莖)을 생약 석산(石蒜)이라고 하며, 최토약(催吐藥), 이질, 해열제로 사용한다.s

🌿 미치광이풀

생태(生態)

　가지과의 다년초(多年草)로서　전국의 깊은 산에서 자생한다.

특징

　잎은 타원형으로 끝이 굽어 있으며, 길이 20cm 정도이다. 기부에 짧은 엽병(葉柄)이 있으며, 줄기에 어긋난다. 줄기는 바로 서며, 높이 30~60cm 이다. 봄에 흑적색의 꽃이 한 개 피며, 꽃은 종 모양이며 얕게 5열(裂)한다.

독성(毒性)

　식물 전체에 아트로핀 및 히요시아민 등의 독성분이 함유되어 있으며, 이것을 먹게 되면 미친 사람같이 날뛰며, 호흡마비를 일으켜서 죽게 된다.

기타

　미치광이풀(*Scopolia parvifolia* Nakai =*Scopolia japonica* Maxim.)의 근경(根莖)을 건조한 것을 생약 스코폴리아根(낭탕근莨菪根)이라고 하며, 부교감신경(副交感神經)의 마비 작용이 있으며, 위산과다, 위통, 위경련, 십이지장궤양, 진경약으로 사용된다.

세잎돌쩌귀

생태(生態)

미나리아재비과의 다년초(多年草)로서 전
국의 산에 30여종의 동속(同屬) 식물이 자
생한다.

특징

잎은 장상(掌狀)으로 3~7 열(裂 투구 모
양의 꽃이 핀다. 지하부는 괴근(塊根)으로 모근(母根)과 자근(子根)으로 되어 있
다.

독성(毒性)

전초(全草) 특히 괴근(塊根)에 맹독(猛毒)의 아코니틴 등의 알칼로이드를 함유
한다. 잘 못하여 복용하게 되면 입안이 뜨거워지며, 맥박이 느려지고, 호흡곤란,
심장마비로 죽게 된다. 지리산의 세석산장 등의 안내판에 세잎돌쩌귀는 독 (毒)
이 강하므로 먹지 않도록 경고판이 있다.

기타

세잎돌쩌귀(*Aconitum triphyllum* Nakai)의 모근(母根)과 자근(子根)을 생약 초
오(草烏)라고 하며, 음증(陰證)의 요약(要藥)으로서 신진대사의 기능이 쇠약한
상태를 부흥시키는 약물로 이뇨(利尿), 강심(强心)의 효능이 있다.

🌿 애기똥풀

생태(生態)

양귀비과로서 양지 또는 숲의 가장자리에 자라는 二年 초(草)이다.

특징

높이 30~80cm로서 잎과 더불어 분을 칠한 듯한 흰빛이 돌며 곱슬 털이 있지만 나중에 없어진다. 상처를 내면 등황색의 유액(乳液)이 나오고, 어린 싹이 쑥과 비슷하다.

기타

애기똥풀(*Chelidonium majus L. var. asiaticum* (Hara) Ohwi)의 전초(全草)를 생약 백굴채(白屈菜)라고 하며, 황달, 위궤양, 종기, 진통제로 사용한다.

🌿 연령초

생태(生態)

백합과로서 깊은 산에 자생하는 다년초(多年草)이다.

특징

지하경(地下莖)은 짧고 크며, 줄기는 직립하며 높이 15~20cm이다. 줄기의 끝에 엽병이 없는 3장의 잎이 윤상(輪狀)으로 나며, 5~6월에 잎의 중심에서 1개의 柄이 나와서 자색의 꽃이 핀다. 유독(有毒)식물이다.

은방울꽃

생태(生態)

백합과의 다년초로서 고산(高山)에 군생한다.

특징

지하경(地下莖)은 가늘고 길며 군데군데에서 지상(地上)으로 새순이 나오며 밑 부분에 수염뿌리가 있다. 잎은 긴타원형 또는 난상 타원형이며 가장자리가 밋밋하다. 5월에 은방울 모양의 흰 꽃이 핀다.

독성(毒性)

이 식물에 콘발로사이드 등이 함유되어 있으며, 이것은 심근(心筋)의 수축력을 강화시킨다. 잎의 모양이 둥굴레와 비슷하므로 잎을 먹고 중독되는 경우가 많다.

기타

은방울꽃(Convallaria majalis L. var. Keiskei Makino)의 전초를 영란(鈴蘭)이라고 하며, 강심이뇨약(强心利尿藥), 단독(丹毒)등에 사용한다.

🌿 할미꽃

생태(生態)

미나리아재비과의 다년초(多年草)로서 전국 산야(山野)의 햇볕이 잘 드는 초지(草地)에 자생한다.

특징

잎이 나오면 즉시 화경(花莖)이 뻗어서 10cm 정도의 꽃이 핀다. 꽃이 핀 후에도 화경(花莖)은 계속 뻗는다. 전체에 흰 연모(軟毛)가 있다. 봄의 잎은 쑥과 비슷하므로 주의가 필요하다. 꽃이 지면 여러 개의 화주(花柱)가 뻗으며, 짧은 흰털이 밀생한다. 이 흰털의 덩이가 老人(翁)의 백발(白髮)처럼 보인다. 그래서 할미꽃의 뿌리를 생약 백두옹(白頭翁)이라고 한다.

독성(毒性)

이 식물의 뿌리에 프로토아네모닌이 많이 함유되어 있으며, 이것은 입안의 부종(浮腫), 위장염증(胃腸炎症), 혈변(血便) 등을 일으킨다. 그러므로 나물로 먹지 않아야 한다.

기타

할미꽃(Pulsatilla koreana Nakai et Mori)의 뿌리를 생약 백두옹(白頭翁)이라고 하며, 혈분(血分)에 들어가서 장열(腸熱)을 식히며, 열독(熱毒), 하리(下痢)를 치료하는 요약(要藥)이므로, 소염(消炎), 수렴(收斂), 지혈(止血), 지사약(止瀉藥)으로 사용된다.

이 책을 쓰신 박종희 교수님은
전, 부산대학교 약학대학 학장
전, 한국 생약 학회 회장
전, 대한 약학회 부회장으로써

후학 양성에 생애를 바쳤으며
다수의 서적을 집필하셨다.